KB181298

김병택 시집

떠도는 바람

떠도는 바람

김병택

새미

시인의 말

    이 시집에는 바람이 수시로 등장한다. 한편, 바람이 등장하지 않는 시들에는 바람 대신 '내면의 바람'이 들어있다. 통틀어 말하면, 표제의 '바람'은 비유적·심리적 바람까지를 포괄하는 바람이다.
    바람의 의미가 읽는 이들에게 잘 전달되기를 기대해 본다.

2019. 12
김병택

목차

제5부

제1부

바다 앞의 집

썰물 때는 서운함이, 밀물 때는 풍요로움이
가슴 언저리에 다가오곤 했다

썰물 때도, 밀물 때도 바다는
출렁거림을 멈추지 않았다

아버지를 태운 낡은 어선이 바다 한가운데로
미끄러지듯 나아갈 때마다

어머니는 오랫동안 손을 흔든 뒤
먼 바다 쪽으로 길고 긴 소망의 줄을 던졌다

저녁이 되면, 우리는 마당 한 구석에 놓인
평상에 앉아, 아직 돌아오지 않은
아버지를 기다리며 금성라디오를 들었다

무더운 여름날을 견디던 나는 겨우 열 한 살이었다

구름 한 조각

하늘 저편 구석에
구름 한 조각 떠 있다

바람 불어, 산과 바다
수시로 흔들리는데

무엇을 말하려 하지도
들으려 하지도 않는다

"바람과 더불어 노닐"*던
일은 옛날의 흔적일 뿐이다

바다 앞에 서 있는 나는
영락없이
구름 한 조각을 닮았다

* "바람과 더불어 노닐": 보들레르의 「祝頌」에 나오는 시구 "그는 바람
  과 더불어 노닐고 구름과 이야기한다"에서 차용

한라수목원(1)

저마다, 오랫동안 다른 곳을
바라보는 나무들은 모두
어제 저녁에 격렬한 논쟁을
벌였음이 확실하다

생(生)의 원천은 동일하지만
뿌리를 내린 곳은 다르다

하루 종일 내리는 눈비로
분란이 그치지 않을 때에도
바람은 무시로 끼어든다

사람들의 유별난 옷차림은
지금에도 바뀌지 않았다

함께 시간을 보냈던 사연들을
나뭇가지 위에 걸어 놓으면

여기저기를 순회하던 새들이
사연을 하나씩 물고
저쪽 마을로 사라진다

한라수목원(2)

미명의 새벽 시간인데도
크고 작은 마을의 물상들이
조금씩 움직이고 있다

왁자지껄한 소리를 끌며
한 무리 검은 그림자가
내 곁을 빠르게 지나간다

엉거주춤하게 선 나무는
가지에 앉은 새들의
비상하는 꿈을, 습관처럼
흔들기 시작한다

저쪽 조그만 식물원의
하늘을 호흡하는 꽃대가
작은 이파리들을 키우고

풀숲에 움츠린 미물들도
아직 남아 있는 어두움을
밀어내기에 바쁘다

한라수목원(3)

발길과 함께 멈춘 바람이
곳곳에 수북이 쌓인 햇살을
흩뜨릴 즈음

태백산 꼭대기의
신단수는 아니어도
수호신이 지키는 마을의
당산나무는 아니어도

수목원의 나무들은
시간의 움직임에 맞추어
굳게 잠긴 아침의 문을 연다

수목원 입구에서는
한 두 번 들었던 누군가의
헛기침 소리가 들리고

치매를 앓고 있는 중년 남자도
여기저기서 날아온 새들도
한 구석에 외롭게 피어 있는 꽃들도

나뭇가지들이 갈라놓은 하늘도

함께 수목원을 만들고 있다

유년의 바다

밤새, 생애의 자잘한 기억을 찾느라
기진한, 나의 그림자를 따라오던
유년의 바다가 잠시 흐름을 멈춘다

밀려갔다 밀려오는 물결은
연신 주운 조개를 바구니에 담는
해녀들에 밀려 속도를 붙이지 못했고

푸른 하늘이 내려와 앉는 바람에
새들은 아침부터, 공중으로
비상하는 일을 아예 그만두었다

멀구슬나무에 기댄 매미들의
끊임없이 외치는 소리가
귓가에 요란하게 부딪치는 날의,
조각처럼 앉은 바위들 틈새로는
소라 잡는 동네 사람들의 얼굴이
언뜻언뜻 보였다

여름날 밤에는
가족의 삶을 잇게 하는 아버지의
낡은 어선이, 수평선 부근에서
절규하듯 불을 밝혔다

회화나무

할아버지 댁 앞 귀퉁이에 서 있었던 회화나무에는 어두운 골목을 지키는, 노란 달걀 같은 꽃들이 정답게 매달려 있었다 이파리들 사이로 찾아온 여름이 쉴 새 없이 기승을 부렸고 꼬마였던 나는 자주 회화나무 그늘에 앉아 저 멀리서 달려오는 매미소리에 귀를 기울였다 동네 사람들이 지나가며 회화나무 그늘에 앉아 있는 이유를 물었지만, 나는 그저 웃는 것으로 대답을 대신했다

매미 소리가 그칠 때쯤에는, 대청에서 글을 읽는 할아버지의 목소리가 들려왔다 할아버지는 마을에서 이름난 선비였다 여름이 무더위의 한가운데로 들어설 무렵이면, 요즈음도 어김없이 내 머리에는, 매미소리와 할아버지의 목소리로 칭칭 휘감긴 회화나무가 떠오르곤 한다

가을날 들녘

부드러운 햇살이 포르르 날아와
내 어깨 위에 슬며시 앉는다

풀벌레 우는 소리 멈추지 않고
마른 낙엽들이 조금씩 흩어진다

들판을 배회하던 회색 바람이
유년시절의 기억을 몰고 온다.

오름에 올라 내려다본 마을들은
벌써 긴 동면을 준비하고 있다

초록 색깔의 오래된 이야기들이
바닷속 깊은 곳에서 튀어나오고

옛날에는 가만히 서 있기만 했던
나무들이 이젠 내게 말을 건넨다

파도

겹겹이 달려오는 분노의 함성으로

어둠을 물리치는 구원의 몸짓으로

인간사 예측하는 기후의 전령으로

끊임없이 내 가슴에 넘나들었다

움직이는 오름

발걸음과 나뭇가지와 바람이
아주 자연스럽게 얽힐 때

우리를 맞이하기 위해
내려오다가, 처음 보는
얼굴들과 마주친 오름은

'우르르' 나타나서 여기저기
굴러다니는 이야기들을
한참 동안 다잡으려 했다

우리가, 서로 웃고 떠들고
주위 풍경에 대해 말할 때

제 자리로 돌아간 오름은

만선의 귀항 이야기를
왁자하는 어부들의 이야기를
바다 위로 끌어올렸다

제2부

아침 산행

흐린 날씨에 묻힌
나무들을 보며 우리는
산으로 향했다
아침을 흔드는 새들이
저쪽으로 날아갔고

한 시간 후, 우리에게는
배낭을 내려놓고 싶은
같은 방향의 마음이 있었지만

아무도 입을 열지 않았다

두 시간을 더 걷고 나서
큰 돌무더기에 앉아
서로의 얼굴을 바라볼 때는
다가오는 햇살이 잠시
우리 앞에 멈춘 후,
약한 날개를 파닥였다

더불어, 건물들 주위를
아슬아슬하게 비행하는
어두운 기운도 보였지만 그것이
아침 산행을 중지해야 할
이유는 되지 않는다고
우리는 생각했다

걷는 데에 집중하는 것은
하산 길에서도 마찬가지였다

기상예보 없어도, 내일의
강우량을 예상하는 일이
우리에게는 어렵지 않았다

또 다른 얼굴

영산재를 빨리 보기 위해

관음사*를 향해 달리다가

길가의 억새꽃들 틈에서

낯익은 얼굴을 보았다

그는 엄숙한 행사장의

의자 옆까지 따라와서는

범패의 장중한 음계와

회심곡의 청아한 선율과

바라춤의 섬세한 동작에

숙연한 표정을 지으며

하늘을 자주 바라보았다

나의 또 다른 얼굴이었다

* 관음사: 제주에 있는 사찰

관음(觀音)처럼 웃으며

―포교사 L씨

세속의 성공과 명예에
눈길을 돌리는 것으로
끝낸 사람들과는 다르다

보리차 천천히 마시며,
하찮은 인생이라고

스스로를 규정한 것은
겸사(謙辭)일 뿐 이었다

이 빗돌이 세워지기까지

세상의 온갖 회오리를
부드러운 공기로 바꾸고

자비의 넓은 바다로
지혜의 높은 언덕으로

관음(觀音)처럼 웃으며
쉬지 않고 걸어갔던 그는

열렬한 신앙의 항해사였다

안경을 쓰면서부터

안경 너머에 있는 사람들의
얼굴이 뚜렷하게 잘 보였다

부패한 사업가, 엉터리 교육자,
무능한 정치인, 사이비 신앙인이
다른 걸음걸이로, 다른 얼굴로
나에게 다가왔다

안경 너머에 있는 사물들의
실체가 뚜렷하게 잘 보였다

허술한 건물의 곧 무너질 담장,
어린이 놀이터 그네의 연약한 줄,
골목길에 버려진 꽁초 옆의 가스통,
바닷가 산책길에 뒹구는 페트병이
다른 사물로, 다른 실체로
나에게 다가왔다

생각의 이동

티비 영화를 보며 웃다가, 다시 웃다가
나도 런닝맨이었다는 데까지 생각이 미친다
그냥 달리기만 했다면 문제가 없었을 것을
혹은 그냥 지나쳤다면 문제가 없었을 것을
허울만 멋진 런닝맨이 되기 싫어
그렇게 했다는 데까지 생각이 미친다

달리면 쌓을 수 있지만, 달리지 않으면
천천히 사라진다는 사실을
끝내는 죽는다는 사실을 알면서도
그렇게 못했다는 데까지 생각이 미친다

한데, 지금에 이르러서는 모두가 별것 아닌
일들이었다는 데까지 생각이 미친다

눈과 순수

거울을 통해 보는 내 눈은
관찰하는 사람의 눈이다

내 눈에는 늘 여러 개의
관점과 의도가
빙글빙글 따라다닌다

관점과 의도가 남아 있는
내 눈은 아직 순수하지 않다

들이마시는 공기의
색깔처럼, 경우가 모두
다를 수는 있지만

진정한 의미의 순수는
관점과 의도에서 벗어난 뒤에
"눈에서 비늘 같은 것이
벗겨"*진 뒤에

아무런 기척도 없이 출현한다

* "눈에서 비늘 같은 것이 벗겨져 다시 보게 될 때": 사도행전 9:18

지팡이

횡단보도를 지나며, 내 옆으로

지팡이 짚고 걷는 노인을 보았다.

사고로 숨진 할아버지의 지팡이가

눈앞에 아주 선연히 떠오르면서

육신의 약한 구석 쪽으로부터

서늘하고 강한 바람이 불어왔다

통증(1)

태풍 예보로, 힘든 여행을
예상하는 순간에

자질구레한 수속을 끝내고
비행기에 탑승한 순간에

통증은, 벽을 뚫을 것 같은
기세로 발가락에 찾아왔다가

아무 생각 없이 쌓아 놓은
무지와 편견을 부수려는 듯

세계를 파괴하는 무도의
빛바랜 추억처럼 내 주위를

여행 기간 내내 서성거렸다

통증(2)

나는 목이 뻣뻣하다는 말을 들은 적은 있어도, 목이 비틀어졌다는 말은 처음 듣는다 하지만 지금까지 한쪽 풍경만을 오랫동안 본 것은 우리 집 뒤뜰의 나무 밑동과 같은 사실이므로 나는 한의사의 진단에 곧바로 수긍한다

한의사는 한쪽 풍경만을 오랫동안 보기는 했지만 열심히 보지는 않았던 내게 강조한다. 통증의 원인은 디스크이며, 디스크 치료는 오래 걸릴지 모른다고 매일 숲속 나무들 사이를 걸으면서 목을 좌우로 돌리는 운동만이 최선의 치료 방법이라고

목의 통증이 계속되는 오늘에야 비로소 나는 목을 지탱하게 하는 내 가슴에다 항의하듯 묻는다 한쪽 풍경만을 그저 오랫동안 보았을 뿐인 내 목에 이토록 가혹하게 나타나는 통증이 과연 정상인가를

마음속의 반란

오늘도 일어나는 마음속의 반란은

만나서 대화를 나누어야 할 사람들을
모른 척하며 지나칠 수밖에 없을 때

모두 밝히지 못한 그 시절의 일들을
마루 시렁에 놓아둘 수밖에 없을 때

이제는 거무스름하게 변해버린 바닷길을
눈 뜨고 그냥 바라볼 수밖에 없을 때

레지스탕스 선언문의 어느 구절처럼
단호하게, 정말 단호하게 시작되었음을

고향을 다녀온 또 다른 '내'가
조용히 내게 알려 주었다

사진을 찍자고만 한다

이제는, 아득한 곳에
숨어버린 세월을
얼마나 힘들게 견디었는지
지금까지도, 옛 추억은
고이 간직하고 있는지
한 마디의 물음도 없이

카메라에 담기는 것은
오로지 이 자리, 우리 얼굴의
빛바래고 거친 모습뿐인데도
나뭇가지 위에 앉은 새들의
메마르고 작은 모습뿐인데도
한 조각의 생각도 없이

오늘, 동네를 산책하다가
삼십 년 만에 만난 친구는
회색빛 얼굴로 연신 웃으며
사진을 찍자고만 한다
우리를 오래오래 만나게 할
사진을 찍자고만 한다

방파제에서

천천히 소멸하는
무적(霧笛)이
일상의 도로 쪽으로
나를 밀어내려 했지만

끊임없이 오고가는
회색 구름을 바라보며

오늘은, 기어이

물결 속 깊은 곳에서
뭍으로 뛰쳐나올 기회만을
노리는 노란 햇살을

온갖 어둠을 물리치고
기운차게 솟아오르는
물결 속의 노란 햇살을

높은 공중까지 끌어올렸다
며칠 전에 드리웠던 낚싯대로

오늘, 내가 만난 사람은

좋지 않은 내 시력으로도
거리의 간판은 잘 보인다
어떤 간판은
아름다운 모습으로 보이는데
또 다른 어떤 간판은
후줄근한 모습으로 보인다
바람이 세게 불 때
어떤 간판은 잘 견디는데
또 어떤 간판은
떨어질 것처럼 흔들린다
내가 보는 간판은,
어제 내가 본 간판과 다르다
아니, 어제 내가 본 간판은
아예 존재하지 않는다

간판의 진정한 의미는
흩뿌려진 의미들 사이에서
생성되지만
확정되지는 않는다
이런 해석에서

저런 해석으로 연기된다

오늘 내가 만난 사람은
오늘 내가 보는 간판과
아주 많이 닮았다

변명

나에게도 날개가 생겼다
새들에게만 있는 줄 알았는데

하지만 나는
한 번도 날지를 못했다

내가 살고 있는 곳은
미스꼬시옥상*이 아닌데도

현대식 고층 아파트인데도

가슴 한 구석에 오랫동안
서식하고 있는 또 다른 '내'가
수시로 날개를 접는 바람에

나는 한 번도 날지를 못했다

* 미스꼬시옥상: 李箱의 『날개』에 나오는 미스꼬시옥상을 가리킨다.

책속의 한 마디로

벌판을 헤매다
버스에서 잠시 읽은
책속의 한마디로

세상의 높은 언덕을
파도치는 바다를
새롭게 바라보았다.

우울의 강에 빠져
허우적대는 몸을
일으켜 세웠다

내 정신의 방향을
무질서에서 질서로
감정에서 이성으로
바로잡았다

시간의 구획

섬에, 마음을 정박한 이후부터
수수한 일들의 열매가 빠짐없이
내 수중에서 자리를 잡았다
비 내리거나 구름 끼는 날이 자주
있었다면 그럴 수 없었을 터이다

'술 한 잔'이라고 하기 전에
한 잔의 술은 이미 내 입으로
들어와 유영할 자리를 찾는다

만일, 책속에 있는 인물들이
사물의 본질에 대해 묻는다면
이제는, 낡은 처세술에 따라
웃으며 대답할 수밖에 없다

담담하게 바라볼 수 있으리라
들판에서 한참 떠돌다 급하게
달려오느라 후줄근한 영혼들이
수평선에만 머무르는 석양과
서로 비끼며 만나는 모습들을

미세한 관찰

오래된 기억들로 겹겹이 쌓인
메마른 영토에 집을 지은 후

서랍 속의 예리한 칼을 들어
생채기에 짓눌린 육신의
낡은 신경을 조금씩 잘라낸다

정원에 피어 있는 꽃들은
전혀 아랑곳하지 않지만

산속 계곡 곳곳에 남겼던
젊은 날의 초록빛 아우성과

여기저기서 빠르게 튀어나온
얼마 전의 낭랑한 사진들은

금세 한 무리를 이루어
함께 춤을 출 채비에 바쁘다

'토끼'에 빗대어

「달려라, 토끼」*를
다 읽고 내가 바라본
하늘은 회색이었다

'토끼'에게 주어진 자유는
쓸데없는 자유였고,
부모와 아내와 자식은
곁을 떠나고 말았다

그래도 '토끼'는
달리고 또 달렸다

회색 하늘이 수시로,
최초의 상실은
곧 영구적인 상실임을
환기시켰다

"인간은 노력하는 한
방황한다"**는 말로는
도저히 설명할 수 없었다

얼마 전, 다시
「달려라, 토끼」를
다 읽었을 때에는
회색 하늘이 나를
바라보고 있었다

*「달려라, 토끼」: 미국 작가 존 업다이크가 1960년에 발표한 소설
** "인간은 노력하는 한 방황한다": 독일의 시인·소설가·극작가인 괴테
   의 「파우스트」에 나오는 말

우화(1)

지우고 붙이고 자르는 일
잠시 멈추어 햇빛과 바람과
구름을 불러들인다

검게 치장한 이물질들이
웃으며 함께 따라온다

뜻을 살리느라
언어를 위 아래로
흔들 때 함께 잘린
내 신경의 줄을 이어 본다

시선 끝에 정지해 있던
회색 공기가 무질서한
이동을 막 시작하고

겨우 빚어낸 이야기 속의
사연들이 한꺼번에
목이 쉬도록 소리친다

봄잠이라 오래도 잤다

원강암이*가 기지개를 켜며 자신에게 한 말은 "봄잠이라 오래도 잤다"였다 '봄잠'은 원래 "봄날에 노곤하게 자는 잠"을 뜻한다 하지만 문맥상의 뜻은 원강암이가 자신이 겪은 긴 고난의 시간을 일상적 언어로 표현한 데에서 찾아야 마땅하다

'오래도'는 물리적 시간과는 현저히 다른 의식시간이다 여기에는, 여러 사건으로 인해 '봄잠'이 부당하게 오래 계속되었다는 이차적 의미도 들어 있다

원강암이의 말에는 복잡하게 얽힌 무수한 의미의 시간들이 끊임없이 출렁거린다

나는 가끔 그 모습을 머리에서 그려보곤 한다

* 원강암이: 이공본풀이에 등장하는 임정국의 딸

제3부

확인

눈비 흩날리는 날에도
우리 집 텔레비전에서는
과거의 빛나는 일상을 붙잡으려는
위정자들의 얼굴이 북적였고

숫자들이 놓여 있는 달력의
무료한 공간에는
경제 플래카드와 통일의 깃발이
수시로 펄럭였다

못과 함께 박히는 망치소리와
시장의 와자지껄한 웃음소리가
예전처럼 되살아났다면
새로운 바람의 행진은 언제, 어디서나
가능하다는 사실을 깨달았다면

영화의 한 장면에 앞서
들려오는 말발굽소리가 없어도
박수를 칠 수는 있었으리라

오늘, 이렇게 오랫동안, 바람이
가슴 한 구석에서 멈춘 이유를
나는 몇 달 전부터 짐작하고 있었다

내 옆의 둥근 거울

매일, 수많은 일들이 벌어지고
내 옆의 둥근 거울은 세상의
일들을 한곳에 모으느라, 나는
그것들을 들여다보느라 바쁘다

당당히 걸어가는 권력자 뒤엔
호송차에 실려 가는 권력자가
크게 외치는 정의의 투사 뒤엔
계산에 흔들리는 투사가 보인다

내 옆의 둥근 거울 속을
잠시 들여다본다 사람들은
쇠락한 건물을 팽개치고,
새로운 건물로 이동하고 있다

눈앞에선, 옛날의 바다가
찰랑거리다 금방 사라진다
바다가 살아난다면, 바닷가의
키 큰 소년을, 그윽한 눈길의
할아버지를 또 만날 수 있을까

평면의 틈새가 굵게 패였는데도
내 옆의 둥근 거울은 다시
또 다른 빛의 반사를 준비한다

무서운 풍경

구름이 미세먼지 사이로
끊임없이 왕복할 때

형체를 알 수 없는 소리들이
뚜렷한 흔적을 남기며
빠르게 지나간다

새들은 먹이를 찾지 못해
허망한 노래를 부르고

오래 전에 쓰러진 나무들도
저렇게 누워만 있다

늘어선 빌딩 여기저기선
불타다 남은 쓰레기들이
고약한 냄새를 피워 올린다

이 황폐한 공간의 모습에
질린 사람들은 더 이상
꿈조차 꾸려 하지 않는다

연쇄

바람이 불어
나무가 흔들리면
땅 위에 살고 있는
미물들이 흔들린다

곧 이어
사람들의 기억도
사람들의 정신도
사람들의 의지도
덩달아 흔들리고

마지막에는
세상의 모든 것이
함께 흔들린다

마지막

마지막이라는 말을 들으면
가슴 한가운데를 관류하는
격렬한 추위가 몰려온다

마지막은, 피할 수 없는
시간이며 순서이기도 하다

시간을 바꿀 수는 없어도
순서를 바꿀 수는 있다

앞서 살았던
누구의 삶도 여기에서
벗어나지 않았음을 생각하면

마지막 순서를
바꾸고자 하는 것은
특별한 삶을 기대하는
반역의 욕망이다.

대부분의 사람은 이 반역을
싫어하지 않는다.

기만과 용서

기만은, 양심을
거리에 팽개친 채
짙은 흑색 천으로
무엇을 덮으려 할 때

새로운 시선으로
무엇을 셈하려 할 때

불어오는 바람과 함께
서둘러 시작되지만

용서는, 오랜 경험의
기억에서 출발하여

대상 쪽으로 나아갈 때
대상의 안으로 스며들 때

얼굴과 함께
저절로 완성된다

나이 타령

나이 타령을 하면서부터, 가을의 쓸쓸한 거리를 혼자 걷는 기분에, 우물에 빠져 쉽게 밖으로 나올 수 없을 것 같은 기분에 자주 사로잡힌다 어릴 때에는 하루 빨리 어른이 되고 싶은 마음을 늘 품고 다녔는데, 이제는 나이를 묻는 말을 들으면 얼굴의 미세한 조직이 흔들리기 시작한다.

나이 드는 것이 반드시 나쁘다고만 할 수 없지만, 그렇다고 좋다고만 할 수도 없다 좋고 나쁨을 떠나, 나이가 들면서 내 신경의 창에는 자주 네모꼴의 두려움이 펄럭인다 그것을 꼭 늙음에 대한 두려움이라고 단정할 수는 없지만, 최소한 늙음과 연루되는 것임은 분명하다

나이는 비둘기처럼 날아오지 않고 까마귀처럼 달려온다

우화(2)

십년 전, 바닷가를 걷다가 나에게
다가오는 파도로부터 소문을 들었다

소문의 깊은 구석엔
은밀한 의도가 숨어 있었다

흔적들이 널려 있으므로
파도에게 다가가 소문을 만든 자의
신상을 굳이 들을 필요는 없었다

그는 어두운 이익도 차지하고야 마는
억센 성격의 소유자였다

소문은 잠시 하늘과 바다를 헤엄치다
마을에서 마을로 퍼져 나갔다

복수를 위해선, 소문을 만든 자를
주인공으로 삼은 소문을 만드는 것이
가장 좋은 방책이었다

얼마 후, 사람들은 소문의 강에 빠져
허우적대는 그를 보았다

사람의 말

태초의 말씀에서 나뉜 말들이 내 주위에 자주 나타난다 말들은 수시로 허공의 한 지점에서 다른 지점까지 왕복하다가 마지막에는 땅으로 떨어진다

말에 확정적인 의미가 들어 있다고 믿는, 많은 사람들의 주장에 따르면 작가란 확정적인 의미의 터전 위에서 말을 만드는 사람일 뿐이다

하지만 다른 생각을 가진 사람들은, 확정되지 않는 말의 의미들이 삶을 새롭게 해석하는 계기로 작용할 수 있다는 점에 계속 시선을 보낸다

훨씬 어려운 일

친구가 내게 말했다

처음부터
한 닢의 동전도 없었다

한 닢의 동전을 얻기 위해
패인 손으로 새벽의 문을 여는
사람들을 매일 보았다

빈손을 큰돈으로 채우는 것이
즐거운 일은 아니었고
보람된 일은 더욱 아니었다

게다가, 흐르는 돈의 물길을
내게 이로운 곳으로 돌리는 것은
참으로 어려운 일이었다

하지만, 누구나 모두
빈손으로 돌아간다는 사실을
수시로 깨닫는 것은
훨씬 어려운 일이었다

관전기

실제의 하늘은 파란색이지만
그의 머리 위에 놓인 하늘은
노랗게 물든 색이었다

그는, 상대의 발길에 차이느라
앞을 제대로 볼 수 없었다

구경꾼들의 거친 호응과
상대의 목소리는 정비례했지만
그의 약하고 가는 목소리는
어디에도 전달되지 않았다

너덜너덜한 자료를 흔들며
속된 언어로 자신을 알리는
상대의 목표는 오직 한 자리를
차지하는 데 있는 듯했다.

상대에게 화살처럼 던질 말들을
열심히 고르던 그의 주위에 갑자기
낯선 유니폼들이 어슬렁거렸다

심판은 또 다른 상대와 함께
은밀하게 새로운 싸움을
준비하고 있음이 확실했다

바람

순결이므로, 정신이므로
삶의 한가운데에
단단하게 자리를 잡았다

구름과 안개와 눈비와
함께하는 방식에 맞추어
울고 웃거나 가슴을 쳤다

햇살을 뚫고 오는 변화를
마음에 차오르는 욕망을

어두운 시대의 소용돌이를
외치는 구호들의 플래카드를

순수하고 맑은 증류수로
돌려놓을 필요는 없었다

새로운 감각을 거부하는 것이
이제는 분명한 잘못일 터였다

머니 인 더 뱅크(1)[*]

다시는 결코 싸우지 않을 것처럼, 정말 이 싸움이 마지막인 것처럼 그는 잽싸게 사다리 위로 올라간다 아래쪽에서 기를 쓰고 올라오는 다른 선수들이 그를 때리고 누르고 밀친다 선수들은 스스로에게 다짐한다 육 미터 공중에 매달린 가방을 차지하기만 한다면, 지금까지 받았던 무자비한 공격은 전혀 문제 삼지 않겠다고

오로지 이 길만이 있을 뿐이다 수시로, 허리가 끊기는 고통을 참고 또 참는다 순간, 그는 머리를 움켜쥔 채 관중의 함성 뒤에서 나뒹구는 빛들을, 그리고 그 빛들 너머에 둥둥 떠 있는, 가방 크기의 삶에 대한 물음들을 바라본다

* 머니 인 더 뱅크(Money in the Bank Ladder Match)는 미국 프로레슬링 단체 WWE 페어 퍼 뷰 중의 하나로, 경기룰은 현재 WWE에서 치러지는 사다리 경기의 그것과 동일하다. 제일 먼저 사다리 위로 올라가 공중에 매달린 가방을 따내는 선수가 승리하는 것이다. 승리한 선수에게는 1년 안에 언제든지 도전할 수 있는 기회가 주어진다.

머니 인 더 뱅크(2)

목표로 삼은 것은 오직 하나
육미터 공중에 매달린 가방을
가급적 빨리 낚아채는 일이다

과정은 의외로 매우 험난하다
선수들은 사다리를 오르면서
무수히 때리고 맞고 쓰러진다
죽음과 같은 고통이 다가와도
성한 데 찾기 힘든 몸이어도
석고상처럼 내색하지 않는다

몸속에서 아우성치는 장기들이
우르르 몸 밖으로 튀어나오면
싸움을 잠시 멈출 수는 있어도
싸움을 포기할 수는 없으리라

교활한 기술과 날선 신경들이
여기저기 뒤엉키는 링 안에서
누구랄 것 없이 모든 선수들은

삶의 한복판에 높이 매달린
머니 인 더 뱅크를 떠올린다

제 4 부

1960년 4월 20일

1960년 4월 20일 아침, 일찍 등교한 우리는
교실 한 구석에 모여 수군거렸다
6학년이 된 지 채 두 달도 안 되는 날이었다

우리에게는 수업을 들을 생각이 아예 없었다
키가 큰 누군가가 "우리도 나가자!"고 외쳤고
스무 명쯤의 우리는 무작정 밖으로 뛰쳐나갔다

누군가의 선창에 따라 "독재 정권 물러나라!"를
외쳤지만 여린 음성을 달리 바꿀 수는 없었다

한참 후, 방망이질하는 가슴을 누르고
주위를 둘러보았을 때, 한쪽에는 마을
이름이 논흘임을 알리는 타원형 표지석이
다소 완강한 모습으로 서 있었다

"독재정권 물러가라!" 논흘에서도 우리는 외쳤고
그때마다 넓은 보리밭이 푸르게 흔들리곤 했다

삼년 전, 아버지와 함께
꼴을 베기 위해 왔던 논흘,
늦가을의 찬바람이 쉴 새 없이 지나가던 논흘,
어린 내 손가락을 저리게 했던 논흘이 떠올랐다

두 시간 넘게 걸어 집으로 돌아왔을 때
아버지는 상기된 얼굴로, 작은 할아버지와
제주신문의 4·19 기사에 대해 무엇인가를
이야기하고 있었다

1960년 4월 20일의 평온한 저녁 시간이었다

젊은 시절, 겨울

정오쯤에 길을 잃었다
옆에는 강하게 부는 바람과
쏟아지는 눈이 함께 있었다
가끔, 새들이 공중을 날아다녔다

과거의 복잡한 일들이
길을 찾는 도중에도 자주
머리에 떠올랐다 하지만
복잡한 일들을 해결할 묘책은
전혀 가지고 있지 않았다

저쪽 숲에서 출발한 외침이
나에게 가까이 다가왔을 때
무엇보다도 시급한 것은
들판을 벗어나는 일이었다

여전히 바람이 강하게 불었고
눈이 쏟아졌다 거기엔 한 톨의
희망도 섞여 있지 않았다

어둠이 스며들면서
빠르게 밤이 찾아왔다
젊은 시절은 내내 겨울이었다

굿의 운명

2킬로미터 떨어진 교회의
종소리가 내 귓가를 지날 때
뒤란에 서 있는 대나무들은
가을을 보내는 연인처럼
여러 차례나 파르르 떨었다.

종소리의 여운이 사라지자마자
화사한 차림의 무당 할머니가
신의 강림을 맞이할 때 사용할
대나무를 들고 대문을 두드렸다

맑은 일요일 아침,
쇳소리를 닮은 목소리로 망자의
혼을 불러낸다는 할머니는
길고 긴 주문을 이어갔지만

독실한 교회 신자였던 망자가
도래할 가망은 없어 보였다

결국, 할머니는 망자의 황천길
여행도, 망자를 죽음에 이르게 한
원인도 모두 운명 탓으로 돌렸다

망자의 한을 풀기 위해 마련한
굿은 그렇게 빨리 끝났다

탑동 서부두

안개처럼, 기억이 다가온다

저편 동쪽 부두에서는
손을 흔들며 손수건을 적시는
이별의 의식이 끊이지 않았다

방파제 입구에 들어서면
아득하고 스산한 마음이
갑자기 수평선 쪽으로 사라졌다

트리포드 모양의 웃음들과
쉽게 부서지는 농담들이 모인
왁자지껄한 세계가 있었다

먼 서쪽 하늘에서
타고 있는 석양이 서두르며
이곳저곳으로 열기를 흩뿌렸다
기억할 만한 여름밤이 되려면
두 시간은 더 기다려야 했다

느리게 움직이는 어선들이
조업을 위해 불빛을 만들었고
뱃고동을 토해내는
여객선의 갑판에서는
장난치는 아이들이 보였다

우리가 준비했던 알코올은
새벽까지 보내는 데에 충분했다

드디어 아침이 밝았고
우리는 아침 산책을 하는
사람들을 멋쩍게 바라보았다

계단을 오르며

강한 의욕만을 등에 지고
계단을 오르려 했던 적이 있다.
하지만 강한 의욕만으로는
계단을 오를 수 없었다

밀치며 뛰어가는 사람들과
사방에서 종일 부는 바람이
계단을 오를 수 없게 했다

오늘, 퇴락한 건물의
무너지는 계단을 오르며
다시 한 번 확인한다

숨차게, 억지로 오르지 않고
평평한 길을 걸었던 것이
아주 현명한 결정이었음을

오르려고 애썼던 계단이
사실은 진정한 의미의
계단도 아니었음을

청춘들

─ 연극 '조천중학원'*

혁명의 시대에 단단한 얼음을 깨고
강을 건너려 했던 청춘들이었다

손으로 하늘을 가르며, 청춘들은
시대의 횃불을 든 투사가 되어
끊임없이 무대 모서리를 돌았다

모든 것이 희미해질 훗날까지도
뚜렷하게 남을 청춘들의 자취였다

사랑도 물론 있었지만, 그것이
현실보다 더 중요할 수는 없었다

어둠의 시대에 불을 밝혀, 새로운
현실을 만들고자 했던 청춘들이었다

* 조천중학원: 놀이패 '한라산'에서 4·3 70주년 기념으로 제주문예회관
소극장에서 공연했던 연극이다. 실제의 조천중학원은 1946년 3월에
개교했는데, 5개 학급에 학생 수는 200여명이었다. 1948년의 5·10선
거 이후, 4·3으로 인해 대부분의 교사와 학생이 피신하자 설립 2년여
만에 폐원되었다.

조조는 모르고 있었다

조조는 먼 길 떠나는 관우에게
추위에 견디라며
따뜻한 모포 몇 장을 건넨다

겉으로는 태연한 척 했지만
관우의 마음을 얻지 못한
조조는 마음이 쓰라릴 뿐이다

병력과 지략을 모두 갖춘 조조는
항상, 충의를 내세우는
유비가 무섭다고 말했다

관우를 떠나보낸 조조는
아픈 속을 주체 못해, 결국
궁궐 바닥에 쓰러지고 만다

가슴에 쌓인 서운함과
뱉은 말이 서로 어긋나는 순간이다

힘만으로는 사람의 마음을
움직일 수 없다는 사실을
조조는 모르고 있었다

꿈속에서 비가 내렸다

꿈속에서 비가 내렸다

바람이 함께 불었고
얇은 지붕이 춤을 추었다
마을 사람들이 깨어나
저쪽 언덕으로 올라갔다

돌아가신 부모님이
사람들 틈에서 언뜻 보였다

더운 기운이 주위를 감싸자
비가 내게로 다가왔다

온몸이 흠뻑 젖었다
개들이 짓는 소리,
산짐승들의 웅웅거리는
소리가 빠르게 지나갔다

비가 조용히 그치면서
다시 햇살이 내렸다
마을 사람들이 말하기 시작했다

이번에는
돌아갈 채비에 바쁜 부모님이
사람들 틈에서 언뜻 보였다

꿈속의 빅 브라더*

"당신을 지켜보고 있다"는
빅브라더의 포스터가
빨리 사라지기를 바랐는데
사라질 가능성은 거의 없었다

빅 브라더를 본 사람은 없어도
존재하고 있는 것만은 분명했다

빅 브라더는 그제도 어제도
꿈속에 나타나 나에게
소리 없는 말을 건넸다

뒤에는 창을 든 병사들이
도열해 있었고 주위에는
공포의 입자들이 날아다녔다

"당신을 지켜보고 있다"는
빅브라더의 포스터는 여전히
당당하게 펄럭이고 있었다

죽음보다 더한 일

이 시골 동네에서 가장 순박한 사람으로 꼽히는 홍삼(63) 씨가 아침부터 정신이 나간 얼굴로 여기저기를 돌아다녔다 동네 사람 서넛이 모여 수군댔을 뿐, 아무도 그 이유를 몰랐다 마침내, 내가 홍삼 씨에게 그 이유를 묻자, 그는 지인의 권유로 자신의 인생을 촘촘히 담은 자서전 노트를, 잠시 동네 가게에 다녀오려고 나가면서 마루의 낡은 궤짝 위에 놓아둔 자서전 노트를 누군가가 훔쳐갔다고 말하면서 한숨을 지었다

"자서전을 다시 쓰세요"라고 내가 홍삼 씨에게 권했지만, 홍삼 씨는 내말을 받아들이지 않았다 "그 끔찍한 일들을 다시 글로 써요? 차라리 내 인생이 아예 없었다고 치는 게 낫지 내 인생을 다시 글로 쓰는 건 죽음보다 더한 일이에요" 20여 년 전, 눈이 어지럽게 흩날리던 겨울날에 들은 말이었다.

탈출의 방식

거멓게 바뀐 공중의
우울한 습기를 피하듯
수시로 요동치는 파도의
새하얀 울음을 피하듯
바람이 깔린 벌판의
불량한 햇빛을 피하듯

태연히 강한 모습으로
가방만을 들고 떠나는
오래된 탈출의 방식이

세월이 한참 지난 오늘도
이 마을 곳곳 젊은이들 마음에
단단히 남아

유행처럼, 계절마다 마을의
지도를 바꾸어 놓는다

꿈속의 집

공중을 날아가던 홀씨가
땅에 떨어지면서
타원형 공간이 생겼다

강한 바람이 불어도
흔들리지 않는
한 채의 집을 지었다

하늘로부터 받은 계시나
땅으로부터 온 전언은
전혀 없었다

탐스러운 장미나무
수십 그루를 마음껏
키울 수 있었다

두 시간쯤 전

서랍 청소를 시작하기 전에, 서랍 안에 들어 있는 잡다한 사물들을, 사물들이 끌고 오는 옛날의 미세한 사건들을, 책상 구석에 놓인 약 봉지와 약 봉지가 환기시키는 고통들을 눈앞에 끌어당기며 나는 잠시 의자 위에 앉는다

국민학교 6학년 여름 방학 과제 중에, 아침 6시에 모여 학교 정문 주변을 청소하는 조기 청소라는 게 있었다. 초기 청소를 시작하기 전날 밤부터, 미리 옷을 입은 채 새우잠을 자던 나는, 어머니가 시간 짐작으로 깨우자마자 지체 없이 빗자루를 들고 학교로 갔다 괘종시계조차 없던 시절이었다 학교 정문 앞에는 아무도 보이지 않았고, 나는 아무런 생각 없이 정문 앞 화단에 앉아 그저 졸았음을 기억한다

나는, 누군가가 내 머리를 지그시 누르는 느낌 때문에 졸음에서 깼는데, 그때 내 눈에 5시 30분을 가리키는 담임 선생님의 팔목시계가 다가왔다 대강 줄잡아, 내가 학교 정문 앞에 도착한 시간은 모이는 시간의 두 시간쯤 전인 셈이었다

강신 이전

작년보다 훨씬 더운 여름 공기가 집 앞 바다 쪽에서 대문으로 몰려왔다 석양을 껴안은 어둠이 마당 귀퉁이에서 놀던 미물들을 헛간 속으로 밀어 넣었다 여러 개의 마을 가로등이 한꺼번에 빛을 뿌렸고 뒤뜰의 나무들은 서로 속삭이며 하나 둘씩 그림자를 거두어갔다 마침내 제상(祭床) 좌우에 놓인 촛대에 불이 켜졌다 영혼이 움직이듯 많은 사람들이 느릿느릿 집안으로 모여들었다

밤바다에는 많은 부유물들이 서로 엉킨 채 움직였다 아무도 울지 않았다 4·3 때 돌아가신 큰아버지를 언급하는 것은 오래전부터 지켜온 우리 집안의 금기였다 아버지는 기회 있을 때마다, 이 금기를 지켜야 하는 이유를 역설하곤 했다 복잡한 가정사를 명쾌하게 정리하던 작은아버지조차도 4·3에 대해서는 시종 입을 다물었다

정말, 무심하게 다섯 시간이 흘렀다 일흔 아홉의 나이에도 목소리 쩡쩡한 고모부가 천천히 일어나 제상에 진설한 음식을 빠르게 점검했다 이윽고 대청마루 벽에 걸린 괘종시계가 자정을 알렸고, 어머니는 부엌에 미리 준비해 놓았던 갱(羹)을 제상으로 옮겼다

밤바다에서 불어온 바람에 촛불이 심하게 흔들렸다 아버지가 큰아버지의 영정 사진을 잠시 바라보다가 제상 앞에 무릎을 꿇

었다 큰아버지의 세월을 천천히 들이마시는 아버지의 떨리는
얼굴이 시력 나쁜 나의 눈에도 뚜렷이 보였다

오름의 나무들

바다의 어선들이 아득하게 보이는
바위 옆에서, 바람 때문에 밀고 밀리는
신경의 아픔을 견디었다

풀숲을 헤치며 다가온 사람들이
무심코 흔들 때에는, 가지 위에 놓여 있는
이야기들을 일부러 땅 위에다 뿌렸다

날아가던 새들이, 천천히 떨어지는
이야기들을 습관처럼 쪼았고

무자년, 4월 3일의 잊을 수 없는
이야기들은 특별한 방식으로 간직했다

높게 쌓인 이야기들만으로도 충분히
또 다른 나무를 만들 수 있었다

보안처분 청구서

'내란죄'가 아버지를
어기찬 운명으로 끌어들였다

1948년 12월 13일,
육본 보통군법회의에서
20년 징역형을 받은 아버지는
마포형무소에서 복역한다
6·25전쟁이 발발했고
탈옥한 아버지는 재수감된 후
1963년 8월 20일에 풀려난다

나는 지금도 기억한다
우리 가족이 감시의 그물 안에서
어렵게 연명하던 시절을

"죽는 날까지, 어디든
보고하고 다녀야 한다"는 으름장이
질긴 줄처럼 아버지를 따라다녔다

"어떻게 지내느냐"

"어디를 갔다 왔느냐"
사흘에 한 번꼴로 찾아온 형사들은
여러 차례나 반복해서 묻곤 했다

"아무 혐의도 없는 사람에게
이렇게 하는 근거를 대라"고
어머니가 격렬히 항의했을 때에
비로소 경찰은 1982년에 작성된
'보안처분 청구서'를 보여주었다

아버지는 "민청에 가입하고
'4·3 폭동'에 가담"했던
'보안감찰대상자'였다
허위자백이 만든 허상이었다

게다가, 보안처분 청구서는
'재범 위험성'의 근거를
국가 시책에 대한 불응과
과거 처형에 대한 불만에
두고 있었다

보안처분 청구서는
아버지의 딸인 나에게
세상을 해독하는 방식을,
하늘을 소유하는 방식을
제공해 준 문서였다

어느 날 아침

잠이 들기 전부터, 아니 저녁부터
무슨 일이 생길 것 같은 예감에
온몸을 흐르는 기분이 뒤숭숭하더니

결국, 꿈속의 마당에는
기다란 백색 천이 펼쳐져 있었다

새벽 뒤란의 곧추선 나무숲에선
몸을 숨기고 있던 장끼 한 마리가
'후르룩' 하는 소리를 끌며
이웃집 담 너머로 바쁘게 날아갔고

짧게 울리는 자명종 소리를 따라
내 손이 창호지 문을 열었을 때
나무와 울타리에 앉은 참새들이
잠시 하늘을 바라보고 있을 때

동화 그림책에 홀렸던 내 눈에
4·3의 질긴 굴레를 쓰고
타관을 떠돌던 우리 삼촌이

대문의 무게를 천천히 밀어내며

새하얀 머리갈로, 주름진 얼굴로,
구부러진 허리로, 저는 다리로
마당에 들어서는 게 보였다

무심코 내리는 눈들이 서로 자주
엉키고 비끼던 1955년 12월의
어느 날 아침이었다

제 5 부

나그네
—변시지의 「나그네」

가야 할 길 막막하다
얕은 산, 낮은 하늘에
해말간 구름 보이고
골짜기 한쪽 구석에
기다란 바위 서 있다

황색 대낮에 허리 굽혀
곰곰이 생각하는 것은
오늘의 빈 들판이지
옛날의 자취가 아니다

가끔, 새들이 날아와도
일어나는 감흥이 없고
저기 저쪽 구석에서
약한 꽃대들이 흔들려도
도무지 살펴볼 마음이
다가오지 않는다

방향 없이, 여기저기로
천천히 걷고 걸을 뿐이다

그리스인 조르바

—니코스 카잔자키스의 「그리스인 조르바」

이틀 밤, 이틀 낮 동안
그리스인 조르바는
쉬지 않고 내게 말했다

사람의 순수란
사람의 창의란
사람의 자유란
이런 것임을

죽음과 불행을
받아들이는 자세는
성공과 실패를
경험하는 자세는
이런 것이어야 함을

메테오라*의 바위

공중으로 솟은 후부터
하늘 아래에 머물렀다

평생, 비바람에 시달리며
세상과 이야기를 나누었다

세상의 어두운 움직임을
천천히 사라지게 했다

'디베스와 나사로'**를
수시로 떠올리게 하는
신앙의 기호가 되었다

* "공중에 떠 있다"는 뜻을 지닌 그리스어 메테오라(Meteora)는 그리스
  에서 아토스산 다음으로 정교회의 큰 수도원이 많이 밀집한 지역을
  가리킨다. 여러 수도원이 자연 사암 위에 자리 잡고 있으며, 위치상으
  로는 중부 그리스의 핀도스산맥과 페네이오스강 근처의 테살리아 평
  야 북서쪽 끝이다. 메테오라에는 여섯 수도원이 있으며, 유네스코 세
  계유산에 등재되어 있다.
** '디베스와 나사로': 『성서』에서 '천국과 지옥'을 설명하기 위한 비유
  에 등장하는 두 인물이다. 디베스는 라틴어로 '부자'를 뜻한다.

가설 에게해*

하늘에 먹구름 떠다니지 않고
들판에 찬바람 불지 않았다면

섬에 둘러싸인 에게해(海)*는
오늘도, 파도치지 않는
낯선 바다일 수 있었다

민주주의가 태어나지 않고
여러 문화가 자라나지 않았다면

페르시아와 로마가
침략하지 않았다면

에게해 주변 사람들은
"연못가의 개구리들"**과는 달리
어렵지 않게 살 수 있었다

* 에게해(海): 지중해 동부, 그리스와 소아시아 반도 및 크레타섬에 둘
  러싸인 바다
** "연못가의 개구리들처럼": 플라톤이 에게해(海) 주변에서 살고 있는
  그리스인들을 가리켜 했던 말

해바라기들 주변
—터키 여행(1)

지난해의 사연을 풀어놓고 있었다 어떤 사연은 버스 속도에 맞추어 뛰어가는 양의 네 발에 밟힌 후 들판으로 사라졌지만, 어떤 사연은 여기저기에 흩어진 시간을 모으며 우리를 향해 노랗게 웃었다

흔들리면서도, 바람의 무리를 껴안고 있었다 나중에는 대부분 햇살에 물든 우리의 이마로 다가왔다가 사방으로 달아났지만, 어떤 바람의 무리는 우리가 탄 버스를 향해 노란 구름을 마구 풀어 놓았다

나에게도 사연이

─터키 여행(2)

    이슬람의 알라신만큼 전능하지는 않지만, 오스만 제국의 투쟁만큼 강렬하지는 않지만, 고층 건물의 불빛만큼 화려하지는 않지만, 회색빛의 도로만큼 견고하지는 않지만, 체리나무의 열매만큼 달콤하지는 않지만, 여름날의 미풍만큼 부드럽지는 않지만 나에게도 사연이 있다

    사연이 있음으로 해서 나는 살아 왔다

패션쇼
—터키 여행(3)

터키 이스탄불 중심가에 위치한 유명 의상실 길고 긴 낭하의 흑색 무대 위를 역동적인 모델 셋이 천천히, 때로는 빠르게 지나간다 그들은 일부러 윗옷을 벗어 몸의 곡선을 드러내기도, 동그랗게 반짝이는 엠블럼을 마구 흔들어대기도 한다

저렇게, 눈부신 조명과 사이코펑크로 옷의 가치를 알리느라 애를 쓰고 있지만 늘어나는 공간과 달려오는 시간은 좀처럼 우리 곁에 머물지 않는다

우아하게 치장된 건물의 다른 의상실에서는, 모델 다섯에게 시간 단위로 색다른 옷들을 번갈아 입히는 새로운 형식의 패션쇼를 준비하고 있다는 소문도 들린다

무대 위의 패션쇼는 개성의 표현으로 시작해서 개성의 몰각으로 끝났다 비록 끊어질 듯 끊어질 듯하다가 이어지는 아슬아슬함이 있었을지라도

비밀의 축제

— 겨울의 나이아가라 폭포

수많은 갈매기들이 끊임없이
호수에 비끼며 춤을 추는 여기에선
낙하의 순간적 중지조차
결코 있을 수 없는 일이다

바위들 아래, 깊은 곳에 묻혔던
한 무리의 함성이 일만 년 전의
비밀과 함께 쏟아져 내리고

열렬하게 호응하는 추위와
열 두 가지 색 밤하늘이 우리
기억의 한가운데에 자리 잡을 때

유람선 갑판에서 터져 나오는
사람들의 감탄사는
맑은 자음과 모음을 거느리며
짧은 유영을 시작한다

낙하의 분량과 동일한 분량의
슬픔도 분명히 있었을 터이지만

이 축제에 대해서는 아무도
아예 입을 열지 않는다

이 밤의 풍경

—고흐의 「별이 빛나는 밤」

땅의 어느 공간에도 시간의 닻을
내릴 생각이 전혀 없다
그에게는

저쪽 들판에서 검은 휘장에
실려 온 뒤숭숭한 바람을
마냥 바라만 볼 뿐이다

자주 흔들리는 기억의 줄이
고향의 회색 유년시절을
수시로 고갱과 다투던 순간을
눈앞에 끌어다 놓는다

밤공기의 흐름에 따라
여기저기를 비추는 별들도
잠시 멈춘 자세로
사이프러스* 나무의 그림자를
조용히 지켜보고 있는데

이젠, 교회의 첨탑 주위를

선회하던 노란 물체마저

요양원 뜰에 서 있는 그에게로

기어코 다가오고야 만다

---

* 사이프러스: 측백나무과 쿠프레수스속의 식물. 고흐의 유화 「별이 빛나는 밤」에서 이 나무는 왼쪽에 긴 수직의 모습으로 서 있다.

해 설

떠도는 바람의 자취들 — 김지연

떠도는 바람의 자취들

김지연(시인, 문학박사)

꽃의 빛이나 향기를 해치지 않고
오직 꿀만을 따가는 벌처럼
지혜 있는 사람도 그러하고자
마을 들어 탁발할 때에도 그러하고자
—『법구경』에서

　김병택은『꿈의 내력』,『초원을 지나며』등의 시집을 상재한
바 있다. 그럼에도 불구하고 아직도 그가 학자로서 뇌리에 남아
있는 이유는 그의 상당한 학문적 성취 때문이다. 이것을 뒤로 하
고서 그가『心象』(2016.1)지를 통해 등단했을 때만 해도, 이렇게
왕성하게 창작을 이어나갈 것이라 예상하기란 쉽지 않았다. 이제
그는 매 시집마다 새로운 시세계를 열어 보이며 독자들을 끌어당
긴다. 그가 견지했던 비평의 예리한 시선은 그의 시 속에서 부드
럽게 휘어져 따뜻한 진정성으로 거듭나고 있다.

1. 불이(不二)의 '자연과 나'

자연은 무엇보다 자연스럽게 발현되어야 한다. 자연이 자연스러움을 배태하는 것은 지극히 당연한 일이지만, 그것이 의외로 그리 녹록하지 않은 일이라는 사실을 간혹 목격하게 된다. 이런 의미에서 자연을 자연으로 이야기하는 특성은 김병택 시세계의 장점 중 하나라고 말할 수 있다. 표제에 드러나는 바와 같이, 그는 스스로 '바람'을 자처한다. 따라서 우리는 그의 시 속에서 바람으로 대표되는 지극히 자연스러운 자연의 모습들을 만나게 된다. 그것은 때로 민낯으로, 홍조 띤 모습으로 시 속에 드러난다.

하늘 저편 구석에
구름 한 조각 떠 있다

바람 불어, 산과 바다
수시로 흔들리는데

무엇을 말하려 하지도
들으려 하지도 않는다

바람과 더불어 노닐던
일은 옛날의 흔적일 뿐이다

바다 앞에 서 있는 나는
영락없이
구름 한 조각을 닮았다

―「구름 한 조각」 전문

화자가 응시하는 하늘 저편 구석에 구름 한 조각이 떠 있다. 바람이 불어와 산과 바다가 흔들리는데도, 이 구름은 무엇을 말하거나 들으려 하지도 않는다. 나무들이 일으키는 바람결 따라 산 능선이 흔들리고, 파도가 일으키는 물살에는 바다가 출렁인다. 그러나 구름 한 조각은 흔들림 없이 하늘 구석에 떠 있을 뿐이다. 화자는 그 구름을 바라보며 자신과 '닮았다'고 말한다. 화자가 바다에 투영된 구름에게서 찾아낸 동질성이란, 어쩌면 흔들리면서도 부화뇌동하지 않는 초연함의 주소가 아닐까. 화자가 주어진 자기 자리에서 본연의 모습으로 흔들리고 있음을 의미하는 그것은 화자가 찾아낸 자연 존재들의 방식인 동시에 화자 자신의 방식이기도 하다.

　　　할아버지 댁 앞 귀퉁이에 서 있었던 회화나무에는 어두운 골목을 지키는, 노란 달걀 같은 꽃들이 정답게 매달려 있었다 이파리들 사이로 찾아온 여름이 쉴 새 없이 기승을 부렸고, 꼬마였던 나는 자주 회화나무 그늘에 앉아 저 멀리서 달려오는 매미소리에 귀를 기울였다 (……)
　　　매미 소리가 그칠 때쯤에는, 대청에서 글을 읽는 할아버지의 목소리가 들려왔다
　　　　　　　　　　　　　　　　　　　　—「회화나무」부분

　　　멀구슬나무에 기댄 매미들의
　　　끊임없이 외치는 소리가
　　　귓가에 요란하게 부딪치는 날의,

조각처럼 앉은 바위들 틈새로는
소라 잡는 동네 사람들의 얼굴이
언뜻언뜻 보였다

여름날 밤에는
가족의 삶을 잇게 하는 아버지의
낡은 어선이, 수평선 부근에서
절규하듯 불을 밝혔다

—「유년의 바다」 부분

　김병택 시의 자연은 때로 유년의 기억과 오버랩되곤 한다. 화자
는 자연을 매개로 유년을 떠올리고, 유년의 기억은 자연과 더불어
펼쳐진다. 그의 시에서 유년의 기억과 자연을 분리해내는 일은 불
가능해 보인다. 「회화나무」에서 꼬마 '나'는 '회화나무', '노란 달
걀 같은 꽃들', '매미' 등과 구별되지 않는 존재이다. 그들은 모두
도드라지지 않은 모습으로 기억 속의 풍경을 채운다. 그 역할 또
한 대등하며 차이가 나타나지 않는다. 이렇게 화자 자신이 자연
존재들과 다르지 않다는 불이(不二)의 사고는 그의 시세계의 기저
를 이룬다. 「유년의 바다」에서도 '멀구슬나무', '매미', '바위', '동
네사람들', '어선' 등은 저마다 자신의 색을 선명하게 드러내며 유
년의 풍경 속에 자리 잡고 있다. 그들은 모두 풍경 속 비중의 경중
을 가릴 수 없을 만치 생동감 있게 각자의 위치에서 역할을 수행
한다. 흥미로운 일은, 생동감 있게 표현하기 위한 방편으로 자연
존재들이 의인화되어 있다는 점이다. 멀구슬나무에 기댄 매미, 조
각처럼 앉은 바위, 절규하듯 불을 밝히는 어선 등은, 자연 존재들

을 화자 자신과 동등하게 처리하려는 불이의 사고가 반영된 결과라고 할 수 있다.

> 치매를 앓고 있는 중년 남자도
> 여기저기서 날아온 새들도
> 한 구석에 외롭게 피어 있는 꽃들도
> 나뭇가지들이 갈라놓은 하늘도
>
> 함께 수목원을 만들고 있다
> ─「한라수목원(3)」 부분

「한라수목원(3)」에 이르러서는 마침내 불이의 자연관으로 연출된, 모든 자연 존재들의 '화합의 장'이 펼쳐진다. 한라수목원을 통해 그가 바라본 것은 '자연 속의 나'와 '내 안의 자연'의 구별조차 무의미해지는 어울림의 공간이다.

2. 자아의 풍경

김병택은 자아 탐색이라는 주제에 천착한다. 이로써 그가 추구하는 것은 내면의 끌어당김과 밀어냄 사이의 팽팽한 균형이다. 이러한 균형을 통해 그는 대상을 적확하게 읽어낸다. 그런데 어쩌겠는가, 그가 바라보는 이 시적 대상이 자아의 내면인 것을. 그는 내면을 꿰뚫어보기 위해 치우침 없는 관조의 시선을 놓치지 않는다. 따라서 그의 시 속에서는 언어의 염결성과 깊이 있는 성찰이 숨어 있다.

안경 너머에 있는 사물들의
실체가 뚜렷하게 잘 보였다

허술한 건물의 곧 무너질 담장
어린이 놀이터 그네의 연약한 줄
골목길에 버려진 꽁초 옆의 가스통
바닷가 산책길에 뒹구는 페트병이
다른 사물로, 다른 실체로
나에게 다가왔다

　　　　　　　　　　　　 ―「안경을 쓰면서부터」 부분

　그가 안경을 쓰면서부터 잘 보게 된 것은 사물들의 '실체'다. 그
의 탐색은 사물의 표면에 머무르지 않고 그 너머의 실체로 향한
다. 표면에 현혹되지 않는 그의 시선은 한결같이 '허술'하거나, '연
약'하거나, '버려'지고, '뒹구는' 사물들에게 던져진다. 하지만 그
것들은 그에게 표면과는 다른 '실체'로 다가온다. 그가 쓴 안경은
사물의 표면을 벗어나 내면을 들여다봄으로써 그 실체를 보여주
는 장치이다. 이 장치는 「눈과 순수」에서 해명된다.

관점과 의도가 남아 있는
내 눈은 아직 순수하지 않다
진정한 의미의 순수는
관점과 의도에서 벗어난 뒤에

아무런 기척도 없이 출현한다

　　　　　　　　　　　　　　 ―「눈과 순수」 부분

대상을 포착하고 통찰한다는 것은 어떤 의미일까? 그가 진술하는 통찰이란 대상의 실체에 다가간다는 의미이다. 그러기 위해 그는 안경을 써야 했다. 안경을 써야 그는 대상을 통찰할 수 있는 '순수'의 눈을 뜰 수 있다. 그리고 그 대상의 실체는 순수의 눈을 떴을 때 비로소 "아무런 기척도 없이 출현"한다.

> 횡단보도를 지나며, 내 옆으로 // 지팡이 짚고 걷는 노인
> 을 보았다 // 사고로 숨진 할아버지의 지팡이가 // 눈앞에 선
> 연히 떠오르면서 // 육신의 약한 구석 쪽으로부터 // 서늘하
> 고 강한 바람이 불어왔다
> ─「지팡이」 전문

그가 체득한 순수의 눈은 여러 시 속에서 자아 탐색으로 향한다. 그가 주목하는 것은 대상의 실체이며, 이것은 결국 자아의 진단으로 이어진다. 「지팡이」에서 화자의 시선은 노인의 지팡이에 닿아 있다. 이 지팡이로부터 사고로 숨진 할아버지의 또 다른 지팡이의 기억이 생성된다. 그것은 할아버지로 상징되는 애틋한 향수이기도 하다. 할아버지의 죽음을 환기시키며 떠오르는 내면의 풍경 속에서 화자는 대상과 동일시되기에 이른다. 할아버지라는 근원의 소실은 곧 자신의 부재와도 같은 체험이다. 그러기에 화자는 "육신의 약한 구석 쪽으로부터" 불어오는 "서늘하고 강한" 바람을 느낀다.

> 영산재를 빨리 보기 위해 // 관음사를 향해 달리다가 // 길
> 가의 억새꽃들 틈에서 // 낯익은 얼굴을 보았다 // 그는 엄숙

한 행사장의 // 의자 옆까지 따라와서는 // 범패의 장중한 음
계와 // 회심곡의 청아한 선율과// 바라춤의 섬세한 동작에 //
숙연한 표정을 지으며 // 하늘을 자주 바라보았다 // 나의 또
다른 얼굴이었다

―「또 다른 얼굴」 전문

「또 다른 얼굴」의 화자는 관음사로 가던 길에 '낯익은 얼굴'을
만난다. 낯익은 얼굴의 '그'는 행사장 의자 옆까지 화자를 따라와
서 숙연한 표정을 짓고 있다. 그런데 시 말미에 이르러, 처음부터
끝까지 평행선을 그리며 화자 곁에 머물고 있는 '낯익은 얼굴'은
다름 아닌 화자 자신이라는 사실이 밝혀진다. 대개의 경우, 시적
대상은 화자에게 관찰되며, 화자 외부에 존재한다. 그러나 이 시
의 경우, 시적 대상은 외부 존재가 아닌 화자 자신의 자아이다. 보
통, 세상과 그의 관계 맺음은 타자들과의 관계 속에서 이루어지지
만, 이 시에서는 그것이 스스로를 비추는 자기성찰로 나타난다.

3. 삶 그리고 현실

장 파울은 기억을 "아무도 앗아갈 수 없는 유일한 재산"으로 정
의한다. 이때, 그것이 어떤 의미의 재산인지는 기억을 가진 자에
따라 다를 터이다. 김병택의 시에서 도드라지게 전경화되고 있는
기억 중 하나는 역사적 현실이다. 삶이라는 암담한 현실 앞에서도
그는 구원으로 향하는 희망을 포기하지 않는다. 그러나 그가 기억
하는 현실은 희망을 먼저 노래하기에는 너무 어두웠다. 그는 젊은

시절을 "내내 겨울이었다"(「젊은 시절, 겨울」)고, 또한 젊은 시절에는 "여전히 바람이 강하게 불었고 / 눈이 쏟아졌다 거기엔 한 톨의 / 희망도 섞여 있지 않았다"(「젊은 시절, 겨울」)고 회고한다. 그를 지배하는 기억 속의 현실은 트라우마로 남아 시에 형상화된다.

> 이 시골 동네에서 가장 순박한 사람으로 꼽히는 홍삼(63)씨가 아침부터 정신이 나간 얼굴로 여기저기를 돌아다녔다 동네 사람 서넛이 모여 수군댔을 뿐, 아무도 그 이유를 몰랐다 마침내, 내가 홍삼 씨에게 그 이유를 묻자, 그는 지인의 권유로 자신의 인생을 촘촘히 담은 자서전 노트를, 잠시 동네 가게에 다녀오려고 나가면서 마루의 낡은 궤짝 위에 놓아둔 자서전 노트를 누군가가 훔쳐갔다고 말하면서 한숨을 지었다
>
> "자서전을 다시 쓰세요"라고 내가 홍삼 씨에게 권했지만, 홍삼 씨는 내 말을 받아들이지 않았다 "그 끔찍한 일들을 다시 글로 써요? 차라리 내 인생이 아예 없었다고 치는 게 낫지 내 인생을 다시 글로 쓰는 건 죽음보다 더한 일이에요" 20여 년 전, 눈이 어지럽게 흩날리던 겨울날에 들은 말이었다.
>
> ─「죽음보다 더한 일」 전문

「죽음보다 더한 일」은 순박한 동네 아저씨 홍삼씨 이야기다. 화자는 홍삼씨의 일화를 담연하게 기술한다. 화자는 정신 나간 얼굴로 자서전 노트를 찾아 헤매는 홍삼씨에게 "자서전을 다시 쓰세요"라고 말한다. 이렇게 말을 거는 행위는 전혀 정치적이거나 모종의 의도를 담은 것이 아니었다. 화자는 끝내 홍삼씨의 판단에

개입하거나 자신의 심정을 피력하지 않는다. 다만 관찰자의 시각에서 찬찬히 관찰하고 서술할 따름이다. 대신에, 화자는 "차라리 내 인생이 아예 없었다고 치는 게 낫지 내 인생을 다시 글로 쓰는 건 죽음보다 더한 일이에요"라는 홍삼씨의 말을 그대로 옮긴다. 공감은 애초에 말이 없다. 홍삼씨에게서 끄집어낸 기억은 확산되어 가슴의 울림으로 남는다.

> 동화 그림책에 홀렸던 내 눈에
> 4·3의 질긴 굴레를 쓰고
> 타관을 떠돌던 우리 삼촌이
> 대문의 무게를 천천히 밀어내며
>
> 새하얀 머리칼로, 주름진 얼굴로,
> 구부러진 허리로, 저는 다리로
> 마당에 들어서는 게 보였다
>
> 무심코 내리는 눈들이 서로 자주
> 엉키고 비끼던 1955년 12월의
> 어느 날 아침이었다
>
> —「어느 날 아침」 부분

확산된 기억은 어느 날 아침 대문을 열고 들어온 삼촌의 이미지를 소환한다. 타관을 떠돌던 삼촌의 모습이 「어느 날 아침」에서 엉키고 비끼며 내리는 눈과 오버랩되어 떠오른다. 화자는 "동화 그림책에 홀렸던" 나이, 유년의 화자에게 4·3은 이해하기 어려운 역사였을 것이다. 그러기에 원인은 결락된 채 결과만 남은 현실이

화자 앞에서 눈처럼 아름답게 흩날린다. 유년기 화자의 심리 속에
는 현실 대신 동화가 자리 잡고 있다. 동화가 아름다운 이유는 슬
픔보다 그리움이 명료하게 채색되어 있기 때문이다.

> 바다의 어선들이 아득하게 보이는
> 바위 옆에서, 바람 때문에 밀고 밀리는
> 신경의 아픔을 견디었다
>
> 풀숲을 헤치며 다가온 사람들이
> 무심코 흔들 때에는, 가지 위에 놓여 있는
> 이야기들을 일부러 땅 위에다 뿌렸다
>
> 날아가던 새들이, 천천히 떨어지는
> 이야기들을 습관처럼 쪼았고
>
> 무자년, 4월 3일의 잊을 수 없는
> 이야기들은 특별한 방식으로 간직했다
>
> 높게 쌓인 이야기들만으로도 충분히
> 또 다른 나무를 만들 수 있었다
> ―「오름의 나무들」 전문

　그러나 기억은 퇴행되지 않는다. 기억을 되살리거나 되살아난
기억을 현실의 소명에 비춰보는 것 모두 남은 자의 몫이다. 반추된
역사는 일종의 객관적 상관물로서 사적인 감정 너머에 놓여 있다.
남은 자는 스스로의 감정이입으로 인해 역사가 오염되지 않도록

부단히 노력해야 한다. 이 점에서 현실은 언제나 현재진행형이다.

「오름의 나무들」에서는 화자가 견지하고 있는 자세를 통해 남은 자의 몫을 헤아릴 수 있다. 오름에 서 있는 나무들은 역사의 관찰자이다. 그들은 "바람 때문에 밀고 밀리는" 세파를 겪고, "풀숲을 헤치며 다가온 사람들이 / 무심코 흔"드는 소리들을 듣고, "날아가던 새들"이 "이야기들을 습관처럼 쪼는" 것을 모두 목격했다. 그리고 그들은 "무자년, 4월 3일의 잊을 수 없는 / 이야기들은 특별한 방식으로 간직"했다. 마지막 연 "높게 쌓인 이야기만으로도 충분히 / 또 다른 나무를 만들 수 있었다"에서는 역사의 모습을 통해 얻은, '삶이 곧 역사'라는 관찰자의 혜안이 드러난다. 이렇게 그는 사람들의 관성적 견딤이 곧 역사를 이루어왔음을 담백하게 진술한다. 관성적 견딤은 "밀고 밀리는 신경의 아픔"을 감내하는 것이지만, 대개의 역사는 향수로써 대체된다. 남은 자들은 기억에 머물지 않고 다시 현재진행형의 역사를 써나가야 하기 때문이다.

4. 길 위의 장면들

자신의 둥지로부터 멀리 벗어났을 때 우리는 비로소 자신의 본래 위치를 가늠하게 된다. 이것은 어리석음이 아니라 인간다움의 영역이다. 내가 딛고 있는 곳이 어디였는지 떠나지 않고서는 알수가 없다. 그래서 떠날 수 있다는 것은 용기이며, 다른 한편으로는 자기 확인이기도 하다. 길 잃어본 자만이 길을 찾아 헤매는 용기를 가질 수 있으며, 길을 찾은 자만이 길 잃음의 과거를 훈장처럼 기록할 수 있다.

지난해의 사연을 풀어놓고 있었다 어떤 사연은 버스 속
도에 맞추어 뛰어가는 양의 네 발에 밟힌 후 들판으로 사라
졌지만, 어떤 사연은 여기저기에 흩어진 시간을 모으며 우
리를 향해 웃었다

혼들리면서도, 바람의 무리를 껴안고 있었다 나중에는
대부분 햇살에 물든 우리의 이마로 다가왔다가 사방으로 달
아났지만, 어떤 바람의 무리는 우리가 탄 버스를 향해 노란
구름을 마구 풀어 놓았다
　　　　　　　　—「해바라기들 주변」[터키 여행(1)] 전문

이슬람의 알라신만큼 전능하지는 않지만, 오스만 제국의
투쟁만큼 강렬하지는 않지만, 고층

건물의 불빛만큼 화려하지는 않지만, 회색빛의 도로만큼
견고하지는 않지만, 체리나무의 열매만큼 달콤하지는 않지
만, 여름날의 미풍만큼 부드럽지는 않지만 나에게도 사연이
있다

사연이 있음으로 해서 나는 살아 있다
　　　　　　　　—「나에게도 사연이」[터키 여행(2)] 전문

여행지는 때로 텍스트가 된다. 여행지에서 맞닥뜨린 자신의 모
습은 그 어느 때보다 분명하게 스스로의 좌표를 설명해 준다. 터
키 여행에서 만난 해바라기 무리들 역시 그러했다. 그들은 현자의
텍스트처럼 여행자에게 되비침의 기회를 제공한다. 여행 과정에
서 발견한 것이 여행자의 전유물임은 물론이다. 여행지에서 마주

친 대상들에게 매혹 당한 화자는 그들을 통해 여기저기 흩어진 시간들 속의 '사연'을 돌아보기 시작한다. 그것은 수사적 비유와는 다른 맥락의 객관적 성찰임이 틀림없다. 자기 성찰을 전제로 한 여행지에서의 일시적 '흩어짐'은 해체 지향이 아닌, 회귀의 형식을 보여준다. 다시 길 위에서, 화자는 이렇게 고백한다. "땅의 어느 공간에도 시간의 닻을 / 내릴 생각이 전혀 없다 / 그에게는 // 저쪽 들판에서 검은 휘장에 / 실려 온 뒤숭숭한 바람을 / 마냥 바라만 볼 뿐이다"(「이 밤의 풍경」-고흐의 '별이 빛나는 밤')

김병택은 땅의 어느 공간에도 시간의 닻을 내리지 않은 채 걸어갈 것이다. 뒤숭숭한 바람이 겨울을 밀어내고 봄 잎을 틔우듯, 늘 그러했듯 여일하게.

5. 마무리

김병택 시에 드러난 일련의 모습들은 차가움과 따뜻함이라는 양가(兩價)적 특성을 지녔다. 그 시에는 스스로의 내면을 향한 냉철한 진단뿐만 아니라, 외부로 향하는 연민과 사랑이 동시에 존재한다. 두 개의 바퀴를 딛고서 자전거가 앞으로 나아가듯이, 그는 내면과 외부의 바퀴 그 어느 쪽에도 치우지지 않는 무게 중심을 견지하고 있다. 스스로에게 엄정할수록 너그러워지는 그의 시선은 모든 외적 대상들을 풍요롭게 읽어낸다. 이러한 이유로 인해 그가 형상화한 시적 분위기는 훈훈하기 이를 데 없다. 이 점에서 그의 시는 때때로 가슴 시린 현대인들을 어루만지는 추억의 음계를 닮았다. 진정성 있는 가락이 그들에게 따뜻하게 스밀 것을 믿는다.

저자 김 병 택

1978년 7월『현대문학』평론 천료로 등단. 2016년 1월『심상』
신인상 수상. 저서로는『바벨탑의 언어』,『한국 근대시론 연구』,
『한국 현대시론의 탐색과 비평』,『한국 현대문학과 풍토』,『한국
현대시인의 현실인식』,『현대시론의 새로운 이해』(편저),『현대
시의 예술 수용』,『시의 타자 수용과 비평』등이, 시집으로는『꿈
의 내력』,『초원을 지나며』등이 있다.

전자우편: taek2714@empas.com

떠도는 바람

| 초판 1쇄 인쇄일 | 2020년 1월 20일 |
| 초판 1쇄 발행일 | 2020년 1월 28일 |

지은이	김병택
펴낸이	정진이
편집/디자인	우정민 우민지
마케팅	정찬용 정구형
영업관리	한선희 최재희
책임편집	우민지
인쇄처	국학인쇄소
펴낸곳	국학자료원 새미(주)
	등록일 2005 03 15 제25100-2005-000008호.
	경기도 파주시 소라지로 228-2(송촌동 579-4)
	Tel 442-4623 Fax 6499-3082
	www.kookhak.co.kr
	kookhak2001@hanmail.net

| ISBN | 979-11-90476-08-9 [03810] |
| 가격 | 12,000원 |

* 이 도서의 국립중앙도서관 출판예정도서목록(CIP)은 서지정보유통지원시스템 홈페이지(http://seoji.nl.go.kr)와 국가자료
공동목록시스템(http://www.nl.go.kr/kolisnet)에서 이용하실 수 있습니다.